KB082694

드라마의 정의는 '일어날 법한 일'이라는 말을 좋아합니다.
과장되어 보이는 이 극도 결국은
현실을 사는 누군가가 겪고 있는 일이니까요.
그래서 이 이야기가 충분히 불편했으면 합니다.

이 작품을 준비하고 연재하는 동안
제 자신이었고, 제 주변이었던,
20대 청춘들
그 누군가들의 고민을 팔아
감히 제가 배불리고 있다는 부채감을 가졌습니다.

작품을 연재하고 책으로 나오기까지
제가 빚져야 했던 많은 사람들에게 미안하고 고맙습니다.

여유를 갖는 일 하나가 귀하게 된 세상에
다른 이의 여가시간을 책임진다는 건
제게 영광스러운 일입니다.

이 만화를 읽어주시는 모든 분들 감사합니다.

지능

CONTENTS

왜 사람들은 해피엔딩이 아닌 것을 보고
현실적이라고 말할까.

수현아~
손님 오셨다~

누구나
시시하고 씁쓸한 인생을
살아가게 돼 있노라고,

정해져 있기라도 한 것처럼.

예에~

끼익—

어서오세요~

어유... 거 나이도 어려 보이는데 말야.

?

쯧쯧쯧...
중고등학교때 공부 열심히 안 하고 뭐 했어?

한참 대학가서 공부할 나이구만.

이런데서~ 쯧...

결국

현실적이라는 건,

불행하다는 걸까.

흐

안녕하십니까!!!!!!!!!!!

청년망대 명일대학교
경영학부 경영학과 1학년!

새내기 인사드립니다!!!

저 잘 생겼다고,
너무 어려워하심 안 됩니다!!

형

ㅋㅋ

선배님들을 우러러보기 위해
키가 작습니다!!
제 키는 친해지면 알려드리겠습니다!!

귀여워

자취방은 학교까지 5분 거리의,
20평짜리 고급 원룸.

ㄷ자 부엌에, 드레스룸 완비.

뭐, 혼자 살기엔 꽤 호화스럽긴 하다.

—집 나오면 고생이라고 누가 그랬어?

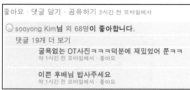

성공적이야.

훗

이제부턴,

모든 게 순조로운
캠퍼스 생활을———

광광광!!———

!윽

———보낼 수
있을 줄 알았는데!

....
....
....

상태선배,
진짜 이 넓은 집에
저 혼자 살겠어요?

아~
실은 여기서
같이 살기로 한 사람이
있거든요.

이젠, 선배들
저희집 오시긴
좀 어려우실 거 같은데...

아쉬워서 어쩌죠?

아~~~ 물론,

—뻥이지, 이 진상아!

룸메는 개뿔.

—그런 게 어딨어?

명일대앞

…통학 싫다.
피곤해.

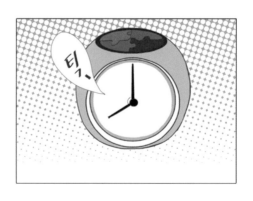

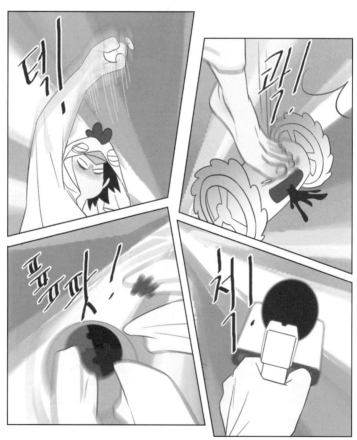

옥탑방에도
누가 사나…?

흐아암~

어? 이상하다.

분명히 여긴데.
S9501….

어잉 수현오빠
안녕하세요~

복학생이겠지….
포스가…

흐음…

정정기간동안
인원이 늘어서
강의실을 옮겼어요.

앞으로는 계속
여기서 수업하니까
체크해두세요.

교수님
오셨으니까
수업 시작합니다~

음 저…
교수님 오시는데요.

푹?

?

헉…!!

으악, 죄송해요.
아니, 그게…

저기…
피가 나는데요….

안절벌

………·

뭐야,
뭐야?

왠일이야~
대박!

야…
지금 남수현선배
건드린 거야?

남수현
열받았겠다.

근데
쟨 누구야?
아는 애래?

수현선배 표정봐
ㅋㅋㅋㅋ

점마
자는 거 깨우면
안되는데~

ㅋㅋㅋㅋㅋ

뭐야, 뭐!

이 사람이 대체 누군데!!!

- 복학생들 -

덜컹

어디보자~
한놈 두식이 석삼 너구리
오징어 육개장
칠면조 팔팔이
구구새…

……십자매.

아, 넌 됐어.
여기까지만.

알지?
조장들 잘 해~~

HA HA

아…………… 늦게나올걸.

자,
마지막 10조~

한정호ㅡ.

예.

응

박민지ㅡ.

네!

이기선ㅡ.

네.

저 금발 병아리는
그럼,
어디다
놔야 되나~

아, 그래!
장학생!

남수현!

!!

성적 좋은 놈이
일학년 이끌어줘야지.

잘생긴 신입 건졌당ㅋ

으, 과제 많은데. 그래도 마지막 조니까 대강 할 수 있겠지?

아~왜 하필 남수현 저새끼야…

흠, 조별과제란 걸 해보는구나….

조장이 장학생이면 운이 좋은 건가?

아뇨.
그쪽한테
아무것도 안 맡길 거니까.

턱—

그래.
밥 혼자 먹는 게
뭐 어때서!

(누가 날
신경쓰기나 하겠어?)

어! 소빈언니! 안녕하세요~

맛있게 드세요~

바이
바이~

너희랑 먹으면
내가 더 사줘야 할 거 같잖아…

후배 × 2
= 밥값 × 2

어,김소빈 누나다!
안녕하세요!

깜짝!

어, 응.
그래 안녕.

—왜 이렇게
아는 애들을 자꾸 만나지?

정작
같이 밥 먹을 사람은
없는데.

뭐야~
밥 먹고 나오는 거야?
혼자?

아니.

다행이네~
걱정했잖아!
너 혼자 먹었을까봐.

나 돈 없걸랑.
니가 사는 거지?

야, 남수현!

우리 그럼
뭐 하냐 오늘은?

뭐 해야 돼요 오늘도?
우린 마지막날 발푠데.

과제는
뭐루 나올까요?

음, 그건 아마…

마케팅 성공전략 사례 비교 시킬 가능성이높죠. 뭐, 주제 정하는 건 과제 받는 날 하고. 일정에 문제 있는 사람 없죠?

아, 제가 중간에 엠티가 있긴 한데, 아마 발표 끝난 다음일 거예요.

헉

—아무튼 오늘은 이만 …

……

나 지금 무시당하는 거 맞지?

됐죠?

남수현, 애들한텐 말 편하게 해라~ 니 혼자 고상 떨면 형이 뭐가 되냐~ 편하게 해, 편하게!

턱

안 편한데,

어떻게 편하게 합니까?

그리고 기왕이면
불편한 게 낫죠.

편하면,
과제까지
편하게들 생각할 테니까.

진짜 갑니다.

아오 저새끼랑
잘 지내보려 한
내가 등신이다!

저, 저기요… 듣겠어요.
저 선배 고학번인데.

엄마가
나랑 동기다!

아, 죄송

아, 내가 좀
어려보이긴 해.

오빠, 그건 아닌듯…

…저기….

대체 어떤 사람이길래 그래요? 우리 조장요.

좀 유명한 것 같던데….

~~글쎄, 남수현을 뭐라고 해야 되나. '아싸'라는 말론 부족하지… 자진 왕따?.

그냥 독보적인 싸이코야.

…………

자료가 좋네요. 레포트에 투자 많이 하셨나 봐요.

그죠? 쩔죠? 괜히 늦은 거 아니라니깐여!

어때…

얼굴도 참 거지같지.
안 그러니?

덜컹

욕하려거든 제대로 해,
어설프게 하지 말고.

그리고 알아들었으면
소문 좀 쫙~내 줄래?

앞으론 밥사달란 소리 좀
안 듣고 살게.

뭐
저런 인간이
다 있어?

....

뭐가 꼬여도 아주
단단히 꼬인 새끼야.
우리 학번 애들은 다
남수현 피했다.

나서서 피해주는 건
아니지만…

…………

넌 임마 시작이 참~좋다?
잘 해라~괜히
발목잡지 말고.

애 괜히
겁 주지 말고~
오빠나 잘 좀하셔!

네.
하하하.

저기,
이제 그만 가죠.

아, 잠깐.
친목을 위해 언제
우리끼리 술 한잔?
어때?

과제
많아요.

아~
재미없는 것들.

저도 그럼
가보겠습니다.

잘가~

"걱정할 필요 없어요."

"아무 것도
안 맡길 거니까."

카페인 몸에 쌓이면 안 좋아. 커피 작작 마셔.

…너 친구들한테 왕따 안 당하냐?

혼자 한국 남은 것도 왕따라서 그런 거지?

아, 진짜! 아니라고! 그냥 무서워서 안 간거야.

그리고 원랜 긱사 룸메랑 밥 같이 먹는단 말야.

다른 애들은? 너 4인실이잖아.

야♡ 저 정도면 502호 강의실은 되겠다

두 명은 아직 한 번도 못 봤어.

아직도? 뭐 하는 애들이래. 날라리들 아냐?

…너만 하겠니?

잘 됐지 뭐.

그런 사람한테 인정받으면, 진짜 기분 좋잖아.

역시 여준~ 멘탈 굿인데!

어유, 짜식~ 못난 데가 없어!

흥! 계속 무시당하고 살 순 없지.

…그렇구나.
잘 부탁해.

얘 정말 화려하다.
머리는
가까이서 보니깐
더 빨개;

아직 추울텐데
민소매라니;

치마 짧은 거 봐;
팬티 보이겠다;

가뜩이나 친해지기
어려운 타입 같은데…

괜히 홍찬기놈 땜에
나만 곤란하잖아ㅠ

발그등…

화…
화났냐?

끔꺽

이 그림체 차이는
뭐지
너무하는 거 아닌가

85

아…짜증나 진짜.

아…
역시 그랬구나.

…저기.
내가 대신 사과할게.

이상한 놈이긴 한데,
막 나쁜 앤 아냐.

그냥 네가
예뻐서 그런 거니까.
앞으론
못 그러게 할게.

…………??

신경쓰긴
자기가 더
신경쓰는 것 같은데…

아하.
분위기가 그런 것 같더라.

납득

아냐, 내 친구 중에도
디대 있는데 안 그래.
걔가 쫌 튀는 거야.

이름도 무슨 공주랬나,
그럴걸?

공주????

진짜!

어쨌든 쫌 어렵긴 한데.
룸메니까 뭐, 적응되겠지.
걱정 마.

으아…
나 누구랑 밥 먹지.
날 버리지 마
지영아~

히잉—

나도 그러곤 싶은데…
요즘 조원 애들 계속 보느라.

아~참.
조별과제 한댔지….

—그럼
'뽀빠이스웨트' 말고
다른 의견은 없어요?

Let eat bee
렛잇비
꿀 탄 음료

핫칡즙
자연의 힘을 담아

....

괜찮잖아요.
시장점유율도 높고.

보니까 다른 조는
전자제품 쪽으로들
많이 하더라구요.

더 볼 거 있냐?
그냥 하자.

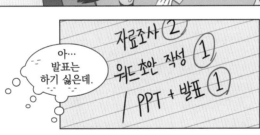

일단 각자 파트를 나눠보죠. 자료조사는 두 분 정도.

누가 하실래요?

번쩍!!

두 명만.

답 없는 인간들이구만...

아 그럼 저는 워드 할게요!

선배님.

이거 파트가 네 개예요.

우린 다섯 명인데요.

나머진 다 제가 할 거라서요.

PPT는 제가 해도 되잖아요.

PPT 만들어 보셨어요?

아뇨, 그래도···

제가 하면 돼요.
발표할 사람이 PT도
직접 만드는 게
나으니까.

······

······

이야~
준이는 우리 조 들어와서
꿀빠네~♪

눈치ㄨ

─그럼 두 분이
해 오실 자료는···

저도!
뭐 하나
하고 싶은데요!

음··· 환경분석을
제가 하면 어때요?

올~ 일학년!
아직 학생증 잉크도 안 마른 게.
그게 제일 어려운 거야~
ㅋㅋㅋ

준아, 시장환경분석이 우선적으로 돼야, 다른 자료 분석도 할 수 있는 거야.

하하… 네.

제가 경쟁브랜드랑 4P조사 해올게요.

야~ 너 광고행에 그렇지? CF 그거 아리유가 찍었잖아~

환경분석은 그럼 형이 해 오시는 거죠?

아, 뭐 어려운 것도 아니고. 나만 믿어라.

뭘 믿으래~ 젤 힘든 건 조장님이 다 하는데.

내가 꿰다 놓은 보릿자루냐?

─일단 자료 찾는 대로 바로바로 보내주세요.

발표 준비 미리 해둘 수 있으면 좋으니까.

여기까지 하고
일어나죠.

어, 저기…

어!!!
수현오빠
잠깐만요!!

오빠만 연락처
안 돌렸단 말예요~

슥

꺅꺅

여기요~

이름이
없는데요.

아! 당연히
제 번호죠~

아~따라잡았네. 다행이다.

뭐 하러 왔어요?

?

치익~

아, 저도 뭐…

…되나요?

왜 나한테 허락을 구해요.
난 선배랍시고 그런 거
싫은데요.

그럼, 제가 과제하는데도…
선배님 허락 필요한 건,
아니겠네요?

…아니겠죠,
물론.

그런데,
팀과제잖아요?
전 팀이고.

…점수 못 받게
누락시킨다고는 안 했는데.
편하고 좋지 뭘 그래요.

제가 편해지면
그만큼 다른 조원이
불편해지는 건데요.

내가
그 몫까지 하니까
상관없어요.

제가
상관있어요!

그럼~ 다른 건 힘들 거고,

일단 리포트에 넣을 주제선정동기 써 와요. 그담엔, 조원들 해오는 거 상황 봐서.

...정말 선배님 혼자 다 하시게요?

그게 속 편하니까.

굴리느니 구르고 마는 타입?

....

암튼 열심히 해보겠습니다.

씨익-

'잘' 하세요.
못하면서 열심히 하는 건
사절이니까.

……….

울컥

— 선배님.

때려도 됩니까???

맞아요~
맞는 말씀이세요~

끄덕 끄덕

점수는 결과니까요!
잘 해야죠, 암요! 자알!

……그래요, 뭐.

…병아리가 아니었나?

공주야! 안녕!!

…이름 갖고 놀리지 말아줄래?
진짜 오글거려.

으응?
그냥 부른 건데….

……

내가 그렇게 불리는 걸
아주아주 싫어하거든?

공주야~
이거 봐라 ♡

우리 공주!
학교 잘 다녀와라~!!!!

아~이름이 '공미주'래.
내가 헷갈렸어, 쏘리.

아. 그렇구나.
미안해, 미주야.

알았으면 됐어.

………

란 씨.

네, 손님.

얼마면 돼?

지금 드시는 건 15만원 정도네요?

아니. 얼마면 되냐고 아가씨~

얼마면 되냐니…. 그건 원빈이 했던 대산데요?

헤헤.

그래~니들! 원빈이 '한번만 안아보자' 하면 안아줄 꺼잖아!!

얼마면 돼♩♩
한번만 안아보자♩♩
으헤헤헤헤헤♩♩♩

그런 저~질 대사는 아니지 않았니? 대사도 얼굴 따라 가는구나. 이 개저씨야~

뿜뿜

이큐

CHICKEN

이게 반가운 거겠지.

둘 다?

—이 시간엔 참
누가 와도 피곤한데.

술먹고 오는 손님
반갑긴 첨이네.

순살 사오지.
일하는 중인데
먹기 불편하게.

주는대로
쳐먹어.

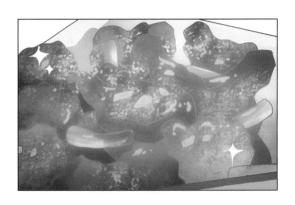

와구와구

여기는 애
굶겨가면서
일 시키냐?

엉.
식대 없어.

챱챱

뭐?
아홉 시간 일하는 데도?
드러워서 증말…!

야, 천천히 좀 먹어.
니가 다리부터 뜯어먹어서
그 닭 도망도 못 가.

어떻게 왔어?
먼데.

친구 얼굴
볼라고 임마!

남 뺑이치는 건
봐서 뭐하게.

일 끝났는데
피곤하지 않아?

씨익

호호~
뭐 오늘도
전장을 쓸어버리고
오긴 했지.

······.

그러니까
빨랑 맥주나 찍어서
갖구 나와.

뭘 또 마셔.
넌 마시는 게
일이잖아.
작작해.

117

터엉···

내 학점의 운명이,
이 캔에 달렸네···.

피식-

할만 하니?
팀과제.

하기 싫지.

백지장도 맞들면
찢어진다는 걸
일깨워 주는 게
팀과제잖아.

흥

왜?

그래도 그런 게 있으니까 학년도 다르고 과도 다른 애들이랑 친해질 기회 생기는 거잖아.

잘 지내 봐.

친해지긴 무슨…. 부질없다, 그런 거.

팀과제라는 건 어차피, 과제가 끝남과 동시에 사라지는 비즈니스적인 인맥일 뿐인데.

…수업 듣는 거 끝나면, 걔들 다시 볼 일이나 있겠어?

으이그~! 하여튼 남수현!

들어가.

너두 얼른 들어가.

내가 바쁜 사람 너무 붙잡았지?

같은 학교 다니는 놈 얼굴 보기가 왜 이렇게 힘드냐.

얼씨구.

학교나 나오시고 그런 소릴 하세요~

맨날 일한다고 마시기만 하고, 오늘은 나오겠냐?

오늘은 갈 거야!

이따 나오면, 나 간만에 수업 하나 비는데.

5분짜리 스피치 하나 하면 끝나. 밥이나 먹을래?

좋지.

이렇게 시간이 비면 곤란한데….

집에 일찍 가는 수밖에 없나. 가면 할 건 많지.

세탁기 아직 안 고쳤지. 괜히 어머니 신경 쓰이게 안 하려면 빨리 해결 보고.

오후 알바는 8시부터니까… 그 전에 해결되면 장이나 좀 봐 놓을까.

대출 연장 신청할 것도 있는데. 어차피 그건 은행 문 닫는 시간까지 못 맞추겠지?

끄응..

아…버스 오가는 시간 아까워 죽겠네. 겨우 5분때문에 몇시간을 길바닥에 버리는 거 아냐.

정말 이러고 집에 가는 건 너무 비효율적인데. 젠장.

하다못해 쉴 데도 없잖아.

이 놈의 학교는 왜 건물은 더럽게 많은데 휴게실은 부족한 거야?

안절부절

당장 학교에서 할 만한 게….

마케팅 10조
4명

김기석
박민지
여준
한정호

네?

토요일 점심이야. 고모님 부부 오시기로 했다.

지잉—

슥

선배님!

안녕하세요!

꾸벅

오?
선배님 오늘 좀
멋있으신데요.

무슨
데이트 약속
있으신가 봐요?

원래도
훤칠하시긴 했지만~
HA HA 오늘은
옷도
말끔하고~

블레이저가
잘 어울리심다~
뿔뿔뿔~

역시
키가 크셔서
HOHO
부럽네요
하하하하

시큰둥~

…그렇게
비위 맞출 필요 없는데요.

……….

문자 못 봤어요?
안 와도 된다고
아까 보냈는데.

칭찬이
안 먹히는
사람도 있나?

나머지 조원들
시간 안 된다니까,
한명만 불러서 뭐 해요.

아, 봤는데요.
어차피 선배님은 지금
과제하실 거 아니에요?

…그쪽이 눈치 보느라
애 많이 쓴다는 거
충분히 알았으니까,
가 봐요.

아니오,
싫어요.

그렇게 혼자
다 하려고 하시는 게 싫은데요.

선배님이 절
못미덥게 여기시는 건
할 수 없지만요.

뭐,
백지장도 맞들면 낫다는
말이 있잖아요?

사공이 많으면 배가
산으로 간다는 말도 있고요.

괜찮잖아요!!
사공 두 명 정도는!!

아오 빡쳐

ㅇㅇㅇ음...

가야 돼요?

연락 받고
일부러
시간 내서 온 건데.

선배님 자꾸
저한테 미안한 일
생기시는 거 같은데요.

....
알았어요.
와 줘서 고마워요.

말씀 좀 놓으시면 안 되나요? 진짜로 부담스러운데.

그… 안 편하니까, 말이라도 편하게, 안 돼요?

아. 그럼 한 가지만 더 부탁해도 되나요?

네에~ 네에~

어.

안돼.

…좀 미묘한데… 놓으신다는 걸로 알게요.

그러든가.

…아, 선배님. 식사는 하셨어요?

왜. 안 먹었으면 같이 먹어주게?

뭐… 그렇죠?

안 먹었어, 아직.

아, 그럼— 너 혼자 먹어.

요즘은 밥 혼자 먹는 거 할 줄 모르면 고생한다.

나중에 복학 해 봐.

아니……그렇다고 일부러 따로 먹고 오는 것도 이상하지 않아요?

난 먹을 거 있어.

성격 정말 이상해 …

아, 그랬구나.

아, 감사합니다…

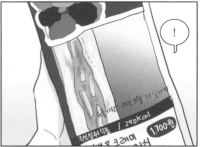

유통기한은 확인 잘 하고 드셔야죠~ 하루 지난 거예요, 이거.

어디서 사셨어요?

카아하아학

뭘 사!!!!!!!

내가 갖고 오는 건데!!!

유통기한은 그냥 판매 가능 기한이야!

하루 지났다고 먹으면 죽는 줄 아냐!!

…죄송해요. 배 많이 고프세요?

그런 문제가 아냐!!!

폐기식품을 쓸어 담는 건 다른 아르바이트에서는 얻을 수 없는 편돌이만의 특권이라는 거야! 그나마 그런 거나 잔뜩 득템해 줘야, 5210원*으로 채울 수 없는 나의 고된 야간노동에 겨우 위로가 될까 말까인데 도시락처럼 식사로 쓸 만한 종류는 잘 남지도 않거니와 오후 알바가 다 쓸어가고 그나마 내 몫으로 돌아오는 게 고작 이것뿐이란 말이다! 내가 겨우 샌드위치 따위가 아쉬워 이러는 것같아 보이겠지만 네가 방금 버린 것은 그냥 빵 조각 따위가 아니다!

그것은, 폐기품 값 몇 천원이라도 더해서 내 노동에 걸맞은 보상으로 치환해고자 했던 아르바이트생의 설움이 토핑된 그런 빵! 네가 그걸 유통기한에 대한 무지와 괜한 오지랖으로 짓밟아 버린 거라고!

고로 다시 한 번 강조하지만, 단순히 먹을 거에 연연해서 좀스럽게 구는 게 결코 아니란…!!

데벌 떠벌

히익

*해당 장면이 연재되던 당시(2014년) 기준의 시급입니다.

…아니. 됐다.

…이런 놈한테 얘기해봐야 소용없지.

?
?
?
?

이런 놈 : 어리고 부자

갑시다, 그럼.

유통기한 안 지난 거, 졸~~~~라 신선한 거 먹으러.

제대로 꼬였군….

어디로 가요?

학식이지 어디야.

학식 맛없잖아요.

맛있어서 먹나?
배 채우려고 먹지.

…선배님은요,

인생을
무슨 재미로 살아요?

뭐?

이름이…
청춘빌라야?

네.

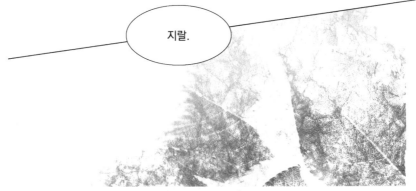

지랄.

…뭐
스테이크라도
나올 분위긴데?

어? 스테이크
먹고 싶으세요?
할까요?

아니,
괜찮습니다.

진짜로 되는 거냐
그런 게?

아, 참!
과정샷!

...혼자 보기 아까운 광경이구만.

혼자 보기 아까울 만큼 멋지니까 사진 공유해야죠.

정정할게. 눈 뜨고 못 볼 광경이라고.

우와, 보통 이렇게 차려먹나?

저야 뭐 보통이 아니니까요~

이 정도면 소박한 편이죠. 훗.

…먹어도 되는 거 맞아?

아하~~이 아무리 제 요리가 훌륭하다 그래도 그렇게까지 황송해하실 필욘 없는뎅

헤헤헷

아니. 사진 찍는 거 같길래.

아, 맞다.

찰칵! 찰칵! 찰칵!

맛있겠다….

찰칵! ………… ………… 찰칵! 찰칵! 찰칵!

찰칵! 찰칵!

찰칵!

언제 먹어?

다 됐어요.

……

먹는 것도 찍으면 안 돼요? 먹방감인데.

자,
유난떠는새끼는
유난스럽게
PPT초안이라도
만들어볼까.

후후훗...

하하...
선배님이 워낙
열심이셔서
그런 거겠죠.

뭐, 괜찮아.
아쉬운 건 안 온 놈들이지.
덕분에 나만
먹을 복 터졌네.

하하.
맛있게
드셨다면
다행이구요.

음.
꽤 먹을 만 했어.

잘 먹었다.

그럼 배도 부르겠다,
집중하자.

넵! 삼

아, 그리고...

삼?

저…
진짜 제가 해도 되는데.

얻어먹는 거 이상
신세 못 져.
넌 그거나 빨리 써.

빡득↗

띵동↗

? 온다고 대답한 사람
없지 않았나?

어? 없었는데
누구지?

철컥

누구세요-

…웬일이세요.

야, 이거…

야, 방금, 그..그 있잖아.
그... 남수현인가 그 사람 아니냐?
? 왜 여기 와 있어??

남수현 선배 맞아요,
과제 같이 하는 게
있어서요.
(무슨 볼드모트냐;)

아 그렇구만.
난 또….

상태 선밴 무슨 일로
오신 건데요?
(어째 불안…≡彡)

아, 너 이거 냉장고에
좀 넣어 놔라~

덥썩

이따 밤에
애들 데리고 올게.
ㅋㅋㅋ

그럼 그렇지….

아~ 난 또
니가 지난 번에 말한 룸메가
저 선배인가 했잖아.
놀래라.

HA HA

네?
…아.

같이 살기로 한
사람이 있거든요.

이제 선배들
저희집 오시긴
좀 어려우실지도
모르는데…

…허? 이것 봐라,

너, 그거 뻥이었지?

그럴 줄 알았다~ 야, 안 되면 안 된다고 하지,

선배한테 뻥을 치고 그러냐 뻥을~

그럼 이따 애들 데리고 올게~ 안주도 맛있는 거 좀 만들어 놔~ ㅋㅋㅋ

잠깐만요! 안될 거 같은데요.

왜? 오늘 나가냐? 그럼 내일 올까?

탁..

아뇨, 이제 오시면 불편하지 않겠어요?

사실, 여기 살기로 한 거, 남수현 선배 맞거든요.

아뇨,
아까 보셨잖아요
수현이 형 있는 거.

??
너 또 뻥 치냐?

무슨
말이 되는
조합이라고.

사정이 좀 있어서
말은 굳이 안 하려고
그랬는데….

아무래도
상태선배한텐
얘기 안 할 수가
없겠네요.

…그렇잖아요. 수현이 형 입장에선
한참 후배한테 신세지게 되는 건데.
제가 말하고 다녀서
좋을 게 뭐가 있어요.

소곤
소곤

저 선배
성격 엄~청
까칠한 거 아시죠?
눈치껏 해야죠 눈치껏.

아~ 너한테
빌붙는 거야?
생각보다
뻔뻔한 인간인가봐?

……….

…네가
할 소리냐?

아무튼 자세한 얘긴
나중에 하구요,
오시는 건 안 돼요. 아셨죠?

뭐냐 진짜,
갑자기…
쳇

저도 아쉽네요.
담에 기회 되면
부를게요~^^

됐어, 싫어~

안녕히
가세요~

난 또 어쩌자고
이런 황당한 거짓말을….

………

꿀꺽

친구는 갔어?

하하, 네.
우리 조원 중에
누구 왔나 했는데.

그렇게 올 사람이면
진작들 왔겠지.

흥

그러게요.
아쉽다.

…못 들었나?
다행인가?

…끌어들여놓고
말도 안 하고 넘어갈 순 없겠지…

어떡하지?

흐으음…

삼각

………;;;
말 할 타이밍을
못 잡겠다!

혹시,
미진식품에
아는 사람 없지?

네?

움찔

왜요?

메일을 보내두긴 했지만,
보통은 협조같은 거 기대하기 어려워.
지들 내부 정보니까.
답신을 준다고 해도
며칠 기다려야 될 걸.

그럼 오늘은 이만 끝내나요?
별로 한 게 없네.

아니. 그럴 순 없고.
다른 애들 시켰던 걸
지금 해야지.

내가 지금
시간이 되니까.

선배님이 다요?

도울 거면
돕고.

아니,
그건 좀…

싫으면 말고.

아니, 그게 아니라요! 다음 주까지 맡기신 거 아녔어요? 아직 시간 한참 남았잖아요.

난 없어. 오늘 휴강한 수업 언제 보충 있을지도 모르고.

그러니까 더 나눠서 하는 거잖아요!

조원들이 해오기로 한 거잖아요.

어떻게 믿어?

얼마나, 몇 명이 얼마나 잘 해 올 거 같냐고.

……

당연히 자기가 맡은 만큼 해오는 거 아닌가요?

……….

왜요?

차~암 긍정적이다 싶어서.

…선배님이 좀 부정적이신 거 같은데요.

현실적인 거지.

행복하겠다라는 말에
내가 예민하게 반응하는 건지도 모른다.

나와 소비가 다른 사람들이

못 가진 걸 무기로 날 찔러 오는 일은
몇 번이나 겪어 봤으니까.

마냥 믿고 기다리다가,
안 해오면?
손 볼 게 엄청 많으면?
어차피 마무리해야 되는 건
난데.

그리고
대학이라는 데를 와서
깨닫는다.

어른이 돼도
사람들은
다를 게 없다는 걸.

一내가 잘못한 게 아니라서
화가 나는 걸까.

그럼 노력해서
자기 몫을 해온 사람은요?
헛수고 되는 거잖아요.

그렇게 이중으로 하시면
선배님도 힘들고,
조원들 안 믿는다고
하는 거나 다름없는데요.

사실이니까,
덧붙여주지 뭐.

니들
안 믿는다고.

사실이면 다 얘기해도 돼요!?

난 거짓말 싫다.

콰一앙

양심

?

울컥!

…! 선배님이 자꾸 그렇게 하시니까 다들…!!

다들 뭐?

…….. ……..

…아니에요.

하아

욕하라고 해. 이쁨 받으려고 이 짓 하냐? 점수 받으려고 하는 거지.

……….

이쁨 받으려고 노력하면 이상한 거예요?

—하지만 생각해 보면,

싫었던 거다.

믿으란 말에 책임질 수 있어?

아뇨.
전 제가 맡은 일에만 책임질 수 있죠.

웃기는 애네.

그래서 마음에 안 드세요?

어. 거슬려.
맘에 안 들어.

하하.

…뭐, 믿을 만은 하겠다 싶고.

─점검할 시간도
필요하고 하니까.
이번 주에 최대한
꼭 해오라고 전해줘.

네.

이러면 시간이
너무 애매하게 남는단 말이야.
당장 할 게 없잖아. 참 나…
맨날 부족한 게 시간인데…

오늘은 날이 참 이상하다.

…꼭 뭘 해야 되는 건가요?

아깝잖아.

쉴 땐 쉬어 줘야
능률이 오르죠.

…그런가.
그럼 밥 얻어먹은 김에 오늘은
얼굴에 철판 제대로 깔고
신세 좀 져도 되나?

철판씩이나…

좀 제대로 주무셔도 돼요.
깨워드릴 테니까.

아냐. 내 집도 아닌데.
그리고 한 번 누우면
일어나기 힘들어.

……………….

……………….

침묵을 견딜 수 없었다.

……………….
저…선배님.
드릴 말씀이 있는데요.

우선 사과드릴게요.

으으음…

제가 그…거짓말을
좀 했거든요?

별 건 아니고…
아니, 별건가.

떠벌
떠벌

그러니까,
음, 어쩌다가 저쩌다가 여차저차 이러저러하다 저러저러해서
이러쿵 저러쿵하게 돼서…

그러니까…어… 선배님께서
이 집에서 같이 살고 있는 걸로
돼 버렸거든요?

165

…수습은 제가 하겠지만,

일단 어떻게 협조 안되려나…요?

……………

…저, 선배님 화 많이 나셨으면……

툭.

…그새 곯아떨어지다니.

나와는
사는 세상이 다르다고 말하는
이 사람의 현실은

이렇게
기절하듯 잠들어야 할 만큼

무겁고, 고단한 곳일까.

…진짜 피곤해 죽겠다고
티내는 얼굴이네.

당신이 그렇게 솔직하니까,
다들 당신을 싫어하는 거야.

아~ 이 말 하는 거
참느라 혼났네.

…봐요. 거짓말이 뭐가 나빠.
듣기 싫은 얘기 감춰주는 건데.

다 이쁨 받으려고 하는 거야.

....

난 쉬구 싶어서 그랬어요.

……20년 만에 처음으로,
내가 편하게 있을 집이 생겼거든….

이 집에서까지
내 자유를 뺏길 순 없잖아.

그러니까…

나 좀 도와줘요….

아유, 우리 아들~
누구 닮아서
이렇게 이뻐?

잘했다!
역시 내 아들!

아빠가 너만 믿는다!

우리가 얼마나
널 사랑하는지 알지?

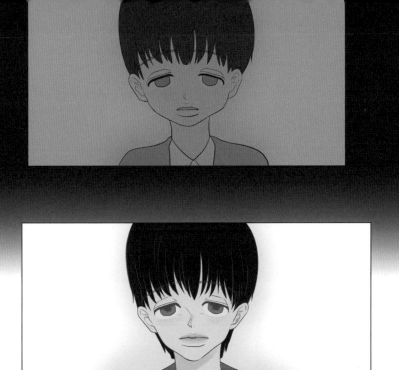

식사 다 하셨으면
전 이제 저쪽 가서
너구리 좀 잡아도 될까요?

너 때문에
불도 못 붙이고 있잖아.

맛있게 먹었냐?

니야아앙~♥

좋댄다.

웃샤.

자,
여기까지야.

-너도 차암
박복하다.

하필
나한테 와서
이러냐?

미안하지만,
내 앞가림하기만도
바쁜 인간이야 난.

너 돌봐줄 여유 안 된다.

이 이상 수비범위가 늘면
곤란하거든.

그러니까…
또 나한테 오고 그러지 마.

도와줄 수 없을 거야, 난.

자, 빠이빠이.

~그런데
준이 요 녀석은
스물 되더니
점점 잘 생겨지는 거
같아~?

고모는 점점 얼굴이
스물 돼 가시는 거
같은데요?

아이고, 애가 당신
병원에 돈 좀 붓는 거
아나보네.

여보↓

하여튼 잔망스럽게
말 잘 하는 거 보니,
애도 아마
지 형 못잖게 성공할 거야~

안 그래요 언니?

얼굴도 커가면서
준완이랑 똑 닮았잖아요.
잘 따라 가겠죠.

아니, 그리고 보니까,
준완이 녀석은
인터넷에 기사도 났었다면서요?

네~ 화제가 될 만 하죠.

스물 여덟에 전임이면,
남자 교수 중엔
한국 최연소라니까요~
우리 준완이가.

그리고
얼굴은 좀 잘생겼어요?

지난 번에 TV 출연했을 땐~

적당히 해, 당신도 참.
밥 먹는 중에
새끼 자랑
낯부끄럽지도 않아?

자랑할 만하니까
하죠.

당신은
자랑스럽지 않아요?
우리 준완이.

사내녀석이
그 정돈 당연히 해야지.

에이~오빠.
그거 자랑하려고
우리 초대한 거 아니었어?

크흠.
밥이나 먹자고
부른 거지, 무슨.

어휴~ 배 아파서 살겠나.
우리 유민이도 빨리
한국 들어왔으면 좋겠다.
뭐가 그리 바쁜지….

넌 밥을 떠놓고
제사 지내니?

깨작깨작 먹으니까
그렇게 말라비틀어지지.
보기 싫어 얘.

오랜만에 먹는 집밥이니까
좋아서, 천천히 먹는 거예요,
엄마.

걱정 마세요.

179

그렇구나,
준이는 자취하지?
어떠냐.
나가서 혼자 살아보니까
쉽지 않지?

네에.
집 나가면 고생이라더니
정말 그런 것 같아요.

그래. 그러면서 밥 먹여준 부모님한테
감사하는 것도 배우는 거지.

저야 늘 감사하고 있는데요, 뭐.

대학생 됐는데,
학교에선 재밌는 일 없어?

!!

...재밌는 일요?

아니, 아직 학기 중인데, 무슨 별 일이 있겠어요.

이것 좀 더 드세요, 고모부.

…………

아, 그러고보니… 아버지!

제가 이번에 학교에서 팀과제를 하나 하는데, 저희 조에서 아버지 회사 제품을 조사하게 됐어요.

주제를 제가 정한 것도 아닌데, 왠지 신기하고 뿌듯해요.

그러냐. 잘 해 보거라.

…네, 그래야죠.

재밌는 일 있었네 뭘. 준이가 전공이 뭐였지?

경영학과요.

어머, 그럼 서울대 경영이겠네?

아뇨.
서울대는 떨어졌고
명일대 경영이에요.

참, 떨어졌단 얘기 들어놓고 내가 깜빡했네.
미안해. 호호호.

하도 여기저기서 서울대 갔다 그러니까
헷갈린다 얘.

············

밥들 다 먹었으면
그만 일어들 납시다.

꿀꺽…

꿀꺽…

꿀꺽…

…아프니?

괜찮아요.
안 아파요.

…불쌍한 것…. 내가 어쩌다 널 낳아서….

엄마가 정말 미안하다.

그래도 너, 원망 할 거 하나 없다.

………
원망 같은 걸 왜 해요….

그래. 난 너한테 할 만큼 했어.

준완이 봐라. 똑같이 낳아줬는데 왜 그래. 니 형 하는 만큼은 해야지.

엄마, 난요.
난…

아무리 노력해도,

전 아직 보여드릴 거 많이 남았잖아요.
저 이제 막 스무 살 됐어요, 엄마.

저 조금만 믿어주세요.

......

…이리 와 볼래?

멀리서 보면 푸른 봄

엄마, 한 번만
용서해주세요.
제가 나중에 꼭 자를게요.

뭘 겁내니?
내가 무식하게
네 머리에
가위질이라도 할까봐?

엄마,
지금은 곤란해요.
제발요.

......
지금은 약속이 있어서요.
토요일이잖아요.

친구들이
기다리고 있을 거라서요.

그래? 어쩌니?
난 네가 하는 말을
도통 믿을 수가
없구나.

안 믿으셔도 정말이에요.
지금 나가 봐야 돼요.

너 그렇게
방긋 방긋 웃으면서
사람 기만하는 게
특기인 애야.

내가 널 모르니?

....

지이이잉ㅡ

아이,
너무 화내지 마세용.
지금 바로 출발할게요.

야,
너 대체 나한테
뭐하자는…

그럼 끊을게요—

야, 잠깐, 야!!

뚜—

이새끼가…

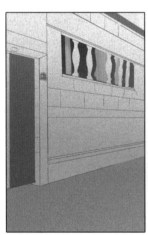

학교 친구 만나는 거니?

아무도 가르쳐주질 않았는데 어떻게요.

여보세요?

—이번엔 뭐야?
…너 또 헛소리 하는 거면…

아깐 죄송했어요.

그리고 고마웠구요.

?

…그럴만한 사이가 뭔데?

어차피 나한텐
다 똑같은 인간들인걸.

형 오네.
아침도 안 먹었지!

웬 짜장면.

형 거도 시켜놨어~

뭐야, 아직 먹을 거 많이 쌓였잖아.
왜 생돈 써서 외식이냐?

누군
좋아서 먹냐?

아, 편의점 꺼
다 지겹단 말이야~

아~
또 어디가~

"선배님 참,
불쌍하게 사시는 것 같아서요."

짜장면 다 뿔어도
모른다~~

박경민~
그만 좀 펴~
냄새나잖아.

알았어.
라스트 한 대.

그래. 준이 봐.
담배같은 거 안 피니까
피부 엄청 좋잖아.

…………

뭐야,
칭찬 들어가네?
이거 다 내가 쏘라고
밑밥 까는 건가~?

푸하하,
들켰다. ㅋㅋㅋ

농담이구,
넌 뭐가 됐든
칭찬할 만하지.

맞아~
얼굴도
잘생겨갖구~
성격도 착하구.

완벽한 우리 준이♡

야, 우리 과
남자애들이
다 준이 너 정도 되면
학교 다닐 맛이 나겠다!!

뭐, 그럼
나 땜엔
학교 다닐 맛
떨어지냐?

이 무리 속에서
친해지려는 노력이기도 하고

친해지지 않으려는 노력이기도 하다.

야, 여준.
너무 많이 마시는 거 아니야?

준아,
그만 마셔~

이미 취했네, 취했어.

준이 오늘 무슨
기분 좋은 일 있나봐.

푸흡

푸하하하ー
하하ㅎ!
으케네~

얘 왜 이러냐?
진짜 맛이 갔구만.

....
내가
기분이 좋아 보여?

아~닌데,
나 엄청
울적한데...

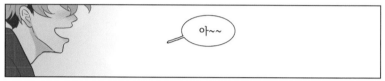

그래, 난 나를 잘 안다.

—그래서,

무엇을 숨겨야 하는 지도 안다.

야, 이것도 다 삶의 여유다 여유.

이런 데서 돈 맘대로 쓰는 거 봐.
진짜 취하고 싶을 때도,
돈이나 있어야 가능하지.

동감. 솔직히 나도 맨~날
엄마 잔소리 쩔어서,
집에만 있으면 싸우는 것두 지겹다.

하. 나도 나와서 살고 싶은데.
등록금도 빡센데 자취를 어떻게 해.

하긴 그래.

아,
진짜―

준이는 좋겠다.

……?

더 안 먹어도 돼?
안주 더 먹고 싶은 거 있으면 시킬래?

빙굿

잘 먹었다~
잘 가라~

조심히들 가.

—준아!

…기분 꿀꿀한 것 같던데,
다 풀렸어?

우~와~
나
걱정해주는 거야?

감동인데!

너무 추태 부렸나 싶어서
쑥쓰럽다~

너희들 덕분에
다 풀렸지~
기분 엄청 좋다.
혜진 알라뷰!

이것좀봐
하트뿜신
헤헤헤 ♥

그래,
그렇다면 다행이구.

조심히 들어가.

데굴~

!

에이씨...
피나네.

숩ᐟᐟ

우웩

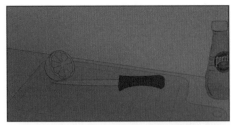

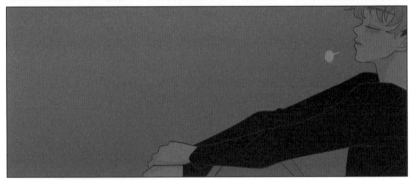

"준이는 담배도 안 피니까-"

"완벽한 우리 준이—."

"넌 그렇게 웃으면서
사람 기만하는 게 특기인 애야."

틀린 말은 아니다.

내가 그런 놈이란 걸
부정할 생각은 없다.

나만이라도 날,
못난 그대로 받아 줘야 한다고
생각하니까.

"너... 진짜 사람 당황시키는 거 잘 한다."

당황스러운 건
내 쪽이다.

ㅡ그 사람은,

누구도 필요 없다는 듯이 행동하고,

사랑받는 일엔 관심이 없다고 말하고,

그래서 남이 자신을 어떻게 평하든,
전혀 상관하지 않는 사람이다.

나로선 도저히…

불가능한 일이다.

어떻게 신경 쓰이지 않는 걸까.

어떻게 하면 벗어날 수 있을까.

…어떻든 간에…
내가 그런 말을
해선 안 되는 거였지.

"선배님
참 불쌍하게
사시는 것 같아서요."

싫다….
그 선배한텐,
계속 빚지는 일만
늘어나네.

사과도 해야 되는데.

……피곤하다….

이럴 땐,
뭐라도 매달려서 하고 싶으면서,

또 이럴 땐, 아무것도 하기 싫다.

…하긴 그 성격이면
별 상관도 안할 거 같은데.

아니,
그런다고 그냥 넘기면 안 되지.

뭐라고 얘기해야 되나….

이럴 때, 아무도 없는 게
다행이라는 생각이 들고

또 이럴 때,
누군가가 옆에 있었으면 좋겠다는 생각이 든다.

정리될 수 없는 생각들로

머리가 점점 더 지끈거려 온다….

아아…
월요일이
안 왔으면
좋겠다.

—실은 계속
신경이 쓰였던 거다.

그 사람이.

—남수현 저거
왜 저러고 사나 몰라.

봐,
주변에 아무도 없을걸?

처음부터 생각했었다.

어쩌면….

나와 닮은 사람일지도
모르겠다고.

단지

거리를 두는 방법이

다를 뿐.

푸드덕

…? 내가
언제 잠들었지.

머 - 엉
…

그만
일어나야….

<숙취>

때에이이이에잉

으아으으으으으으으
곧 깨지네

바닥에서 자서
허리도 배기고....으으 아아

으아아아

으아아

아아

어디 나가니?

응. 약속 있어서.

아하하.
일요일인데
데이트같은 거 아냐?

…혹시 그 일 때문에?
아직 내가 신경 쓰이나.

빤—히

?

왜 안 나가고
이러지.

자의식 과잉

…
저기 있잖아,
난 남자친구 있어.

난 남자친구가 있어.

ㅋㅋㅋㅋ
ㅋㅋㅋㅋ
ㅋㅋㅋㅋ
ㅋㅋㅋㅋ
ㅋㅋㅋㅋ
ㅋㅋㅋㅋ
ㅋㅋ

니가 주말에 방콕할 동안 나는 데이트를 하러 가지♡

＊주: 소빈의 시선

…그러니까 날 경계할 필요는 없다고…

ㅎ읏

그런 깝돌이 취향도 아냐

그래!! 난 솔로다!!!

퍼

엉

………………
………………
모태솔로다!!!!
23년간.

으아앙

이렇게 피워대다 단명하는 거 아냐?

뭐 나쁘지 않지.

훗

저기요오~ 담배연기가 너무 올라오는데~~

!!

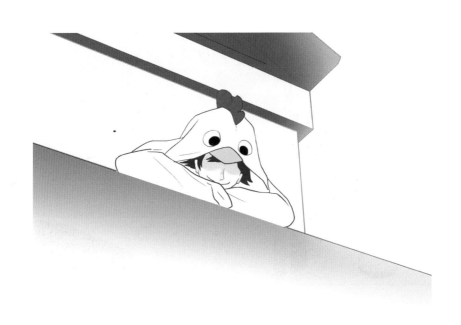

다...

아, 죄송합니다. 끌게요.

에잉~ 그렇게까지 할 건 없는데.

아깝다~ 장초 같은데! 너 부자구나?

…………

어쩌라는 거야

안녕?

아~ 항상 시끄러운 집이라 궁금했는데, 이렇게 얼굴 보네. 202호.

안녕하세요.

?? 시끄러운 집요?

응. 엄청 시끄러워~

거 아무도 없다고 막 노래 틀어놓고 따라 부르고 쇼하고 그러면 쓰나~~

덕분에 재밌게 감상은 했어~

난나나~

까약

아니, 그게 어떻게…

거, 거기서 보여요?

x

뭐어?

너 진짜 그런 짓을 한다고?

????????

농담이었는데~~
적중했네!?

푸킼하하학

그런 짓을 하는 인간이
진짜 있단 말이야??

나말고 또?

…여준이에요.

경영학과 신입생요.
스무살이구요.

아아, 딱 보고
1학년일 줄 알았어.

아직
머리에 벼슬이 덜 났잖아.

?

근데 이름이
여중이라고?

이름도 웃기네.

준이라고요
빡빡!! 준!!!

아오빡쳐

그래 여동생!

히죽─

…………
여동생이라니

담배 버린 대신이야—

ㅂ2ㅂ2

아,
고맙습니다….

쪔
쪔

터엉

초딩이냐!??

처음 보는 사람한테
뭐하는 짓이야

짝짝

…
그래도, 왠지….
머리가 훨씬
가벼워졌다.
….

숙취로 머리는 깨질 듯이 아프고,

가슴은 어딘지 답답하기만 하던,

어느 꿀꿀한 주말 아침.

—그래서

테라스에 불어온 작은 바람 하나가

그 어느 때보다

상쾌하게 느껴졌던

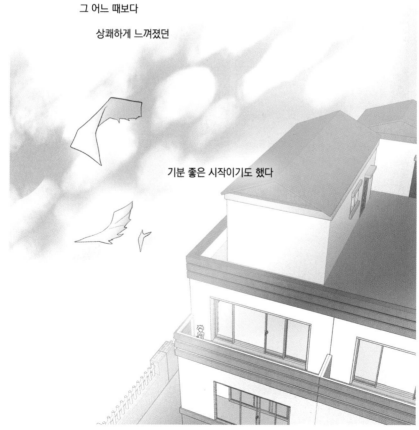

기분 좋은 시작이기도 했다

내가 좋아?

응. 사랑해.

텀벙

왜?

....

응? 왜?
내가 왜 좋은데?
응? 왜?

또 시작이구만
…

헷갈리는 여자어

1. 답을 모를 경우 일단 '예쁘다'로 해라

2. 일단 예쁘다고 얘기해주는 게 상책

3. 칭찬은 다른 말보다 예쁘다로 해라.

4. 예쁘다고 해라.

5. 그냥 예쁘다고 해.

당연히 예뻐서지!! ♥

…그렇구나.

심드렁-

왜? 거짓말하는 거 같애?
너 정말 예뻐.

우쭈쭈

그런 거 말곤 없어?

…예쁘다는데 별로야?

그거 말구 다른 말은
해준 적 없잖아.

에헤이~
예쁘기만 하면 됐지
뭘!

241

그런 말은, 누구한테든
통용될 수 있는 말이잖아.

이유가 못 된다구.

세상에 예쁜 여자가 얼마나 많은데.

그런 걸 왜 따져.
원래 좋아하는 덴
이유가 없는 거야~

…왜 그래?

휙!

…그럼 난
예쁜 거 말고는
가치가 없다는 얘기야?

아, 또 왜 그걸 그렇게 받아들이냐.
그냥 좀 봐 주지….

………

그냥 고민하는
척이라도 보여줬음,
섭섭하진 않을 텐데.

…언제까지
그러고 있을 거야?

몰라.

에휴….
진짜 맞춰주기 힘들다.

…왜 한숨 쉬는 건데?

야, 그럼 내가
뭘 어째야 되냐??

솔직히 예쁘다는데
싫다는 여잔,
네가 처음이다!

아, 아니 뭐
다른 여자는 안 그랬다
그런 뜻이 아니고….

…변명하는 게
더 이상해.

…사랑하는 데는 정말 이유가 없어야 하는 걸까?

세상에 그렇게 많은 여자가 있고,
예쁜 여자도, 좋은 여자도 너무나 많은데

굳이 나를 사랑한다는 건,

신기한 일이라고 생각하니까.

어쩌면 나에게도
내가 모르는 사랑스러운 점이 있을까 싶어서.

날 사랑하는 사람에게
그 이유를 듣고 싶었을 뿐이야.

하여튼 진짜
지 멋대로야, 공미주.

…

나한테 관심 없어서가 아니라,

도저히 대답할 말이 떠오르지 않는 걸 거야.

내 성격이 이 모양이니까.

…내가 봐도
난 전혀 사랑스럽지 않은걸.

인제 B동

뭐? 질린다구?

그 말 하려고 전화하는 너두
사람 질리게 하는 거 똑같애!

됐어, 끊어!

…근데
아까부터
무슨 술냄새가.

누가 방에서 술 먹나?

미쳤나봐.

……우리 방이었어?
기숙사에서 술 마시면 안 되는 거 모르니?

미쳤나봐!

그그그그그 그렇게 말하면 안 돼!

미쳤다니...

복도에까지 냄새 다 나. 방에서까지 꼭 마셔야 돼?

이건 완전 술또라이 짓이야!

덥썩─

소빈은 불길한 예감이 들기 시작했다.

세무룩

어떡하지… 우리 방의 평화가…

…저는 빠질게요.

왜~ 방에서 마시는 거 싫다며. 나가자니까?

전 언니 처음보는데요.

그러니까 친해져야지.아가씨, 언니가 룸메고, 또 선배잖아.

우리과 선배도 아니잖아요?

그러니까~ 과도 다른데, 친해지는 덴 술이 제일이지.

조마 조마

저렇게 말대꾸를…;;

걱정 마,
언니가 살 껀데?

안 가요.
피곤해요.

그래?
너 되게 붙임성 없다~

눈도 못 마주치면서
할 말은 다 하고.

~ 너희들은 ~~??

웩

아…
저희도
레포트 쓰던
중이어서…

내일은
월요니까
다음 주말에
가는 거 어때요
언니?

헤헤;

ㅎㅎ

가자.

네.♥

안주도 시원찮았는데
맛있는 걸로 사줄게~~~

질질질질…

…………

'자기만 싫은가?'

'나도 싫은데,
너 땜에 밖으로
쫓겨나기까지 해야 돼?'

…
라고 말하는
얼굴.

저… 근데
좀 있으면 문 잠기는데요.
통금시간이…

괜찮아. 담 타면 돼.
언니 담 잘 타.
체육인이거든!

네?? 저희 3층인데요!!

그 말을 믿니?
펼 놀라.

아… 하긴.

밤새 마셔야지
가긴 어딜 가??

언니
지갑은
아직
살아있다.

명일 포차

호아~
월요일이구나!

뭐,
한 주의 시작이니까~
꿀꿀한 건 버리고
상쾌하게~

윽,
왜 아직도
술 냄새가
나는 거지?

쿵쿵

!!

찔찔찔...

…홍찬기…!!

!

허리는 딱 45도 굽혀서 인사하고, 사과부터 하면서, 변명은 그 뒤로 미룬다.

상대방의 기분에 동감하는 말을 잊지 않는 게 포인트!

어쩌냐, 완벽하지!
이 얼마나
교과서적인 사과인가!

이 정도면,
받아들이지 않을 수 없는
정말 정직한 사과…

─는 FAIL.

뚱─......

너무해┃

이 정도에 당황할 내가 아니지.
이럴 땐, 분위기를 전환시키자!

웃어, 웃어┃

헤헤,
그래도 오늘 과제한 것도
다 챙겨왔구요~

이따 조원들이랑
같이 먹으려고
간식도 챙겨왔는데.

아,
지금 드릴까요?

됐어.

커피도 같이
사올걸 그랬나?
이따 휴게실 가서
사면 되겠죠?

—어쨌든 가장 중요한 건,
선배님 말씀하신대로,

'멀쩡한 정신'도
제대로 챙겨 왔으니까,

오늘도
잘 부탁드릴게요.

히죽

…그래.

풀린 건지 어떤 건지
도저히 파악이 안 되는 구만.

…근데 선배님,
아까부터 말하고 싶었는데….

오늘 우리 커플룩!

아, 신기하다~
스타일이 무지 다르다고 생각했는데
이렇게 겹치기도 하네요~

털썩

아…

...
이러고보니
생각났는데,
너, 전에
내 정수리
찍은 적 있었지?

그건 왜 사과 안 해?

으….

아…죄송합니다….

풋!!

??

하하하

됐어. 안해도 돼.
그냥 해 본 말이야.

네가 너무
열심히 사과하길래 재밌어서.

아무튼 알았으니까,
그만하고
너도 자리로 가서 앉아라.

또 그러진 마라.
두 번은 용서 안한다.

……

…결국 한 방 먹었구만.

라면~~
라며어언~~

찌즈라면~~~
찌즈라면 하나여~~

분식

!!

…지영아,
우리 다른 자리 가서…

오~
김소빈~!!

봤으면서
인사두 안 하냐~

너 쪽팔려서.
그냥 식권 내면 되지
뭘 그렇게 떠들어?

난 먼저 갈게 소빈아.
다 먹었어.

에이~~
뭘 새삼스럽게~

하지 마, 답답해.
아직 머리 아프단 말이야.

그렇게 떡이 되고도
수업은 또 갔다 왔냐?
너도 참 지독하다.

수업을 어떻게 빠져,
내가 너처럼 양아치니?

기숙사 식당은
왜 자꾸 오는 거야?

...
같이 먹기 싫은데
....

야, 치즈 한 장
들어가는데
그냥 라면보다
몇 백 원
더 받는 거
부당하다는
생각 안 들어?

넌 여기선
두 장 주잖아.
아줌마가.

그래서 생각해봤는데, 나랑 치즈 계 할래?
계모임 계모임. 치즈 계모임~

떠벌떠벌

슈퍼에서 치즈 한 팩 사놓고 만날 갖고 다니면서,
떡볶이나 라면 살 때 넣어 먹는 거지~
돈 훨씬 절약되겠다!

사람 말을
안 듣지...

야~
천재는 밥 먹을 때도
이런 아이디어를
내는 거야~

밥 좀 맛있게 먹어.
그게 뭐냐~
느릿느릿.

빨리 먹으면
소화 잘 안 돼.

그래도 음식에 대한
실례야, 그건~

—입맛 떨어지는
얘기 해줘?

탁-..

뭔뎅?

유욱

271

미주 남친 있대.
그러니까 포기해.

…미주가 누군데?

ㄴ …넌 그렇게
깝으로 들이대 놓고
기억도 못하니?

들이대?
아~ 빨간머리?

흠. 역시 세상은
하이퀄리티를
가만 놔두질 않는구만.
아까워라.

너처럼 불건전한 애한테
안 걸린 게 다행이지.
걔 정도면 엄청 괜찮은 남자
만나고 있을 거야.

그런 걸
니가 어떻게 아나?

자고로 연애 문제는,
둘 밖에 진실을 모르는 거거든요~
남이 얘기하는 거 아냐.

흐흐. 나한테 오면
잘해줄 수 있는데.

물론, 18년을 나만 보고 산
너의 순애보는 인정하지만~

아무리 내가 매력 있어도 그렇지
그게 뭐냐~

날 그만 좀 사랑해라, 응~?

농담하지 마.
진짜 기분 나빠.

야, 너도 이젠 연애라는 걸 좀~

그만 하라구 했지!!!

파ㅡㄱ!

으악.

…젓가락은 좀 심하지 않냐?
너 손버릇 나빠졌다.

신경 안 쓸 테니까,
니 맘대로 해!!

누굴 사귀든지 빰을 맞든지
마음대로 하라구!!

…그건 당연히
내 맘대로
해야 되는 거 아냐?

그래 잘났어,
어차피 네가 누구 말 듣기나 하니?

김소빈~
화났냥~?

으잉. 정말로 화났나보넹.

헷

…그게,
진작 좀 포기하라니까….

Published by Garden of Books
Printed in Korea

First published online in Korea in 2014 by DAUM WEBTOON COMPANY, Korea

멀리서 보면 푸른 봄 1

초판 1쇄 발행 · 2017년 11월 25일

지은이 · 지늉
펴낸이 · 김동하

펴낸곳 · 책들의정원
출판신고 · 2015년 1월 14일 제2015-000001호
주소 · (03955) 서울시 마포구 방울내로9안길 32, 2층(망원동)
문의 · (070) 7853-8600
팩스 · (02) 6020-8601
이메일 · books-garden1@naver.com
블로그 · books-garden1.blog.me

ISBN 979-11-87604-40-2 (04810)
     979-11-87604-39-6 (세트)